VILOSOPHY
治癒哲學

陸偉雄

大律師

「未來屬於那些相信夢想之美的人。」

—愛蓮娜．羅斯福

此句佳話出自前美國總統羅斯福夫人之口，別有一番美意。羅斯福夫人一生並不愜意，但她仍然在歷經苦難下恪守自己對於社會正義的堅持和夢想。

追夢是一個浪漫、熱血的過程，但現實的冷酷總會將我們年少理想及衝勁的火澆熄。作為一個大律師，我亦有我自己的理想和抱負，但社會的磨鍊和洗禮難免會使我在黑暗的時刻，感到迷失、灰心，甚至猜疑自己的夢想。當然，我非常感恩在超過三十年的執業大律師生涯中，經歷不少困難與逆境，但慶幸仍然可以遇上諸多良師益友，給予我莫大的勇氣和決心繼續追求自己的夢想之外，亦可以回饋社會，以法助人。

希臘神話中的伊卡洛斯 (Icarus) 告訴我們，「不要飛得離太陽太近」，飛得太高，可能會使其自身蠟造的翅膀受太陽熱力所溶化而隕落。追逐夢想，恐怕會招致粉身碎骨的下場。但誰又可以斷言，伊卡洛斯後悔過自己的決定呢？倘若因為害怕隕落而不曾展翅，我們便無從乘風而起，將天下的良辰美景盡收眼底。縱身一躍，或翱翔天際，或墜落深淵，但無論結果如何，我們決定展翅的剎那，就不應抱有遺憾，應當奮楫篤行。

就如佳茗，此書適宜慢慢品嚐、細味，透過閱讀此書，你將可以通過這位90後法律系女生的濾鏡，觀察此世間的人和事物，或許會有別一番的體會，重拾你正在消失中的翅膀，並振翅高飛，不枉此生。

序言

盧永仁博士 太平紳士
TVB 電視廣播有限公司
獨立董事和審計委員會主席

收到Vivienna的訊息時，我正身在倫敦。自從疫情爆發後，我在倫敦的時間多了，希望能多一些自己的時間和空間，好好思索這個疫情後的世界。她告訴我，她正在籌備她的第一本書，邀請我為她寫一段序言。

認識Vivienna已經有一段時間了。這位年輕女孩不僅外表漂亮，更是聰明伶俐，而我最欣賞她的是那顆充滿愛的同理心。過去幾年的新冠疫情，不僅對人們的身體健康帶來了衝擊，更嚴重的是心靈和精神上的創傷。Vivienna的這本語錄和相集，從心出發，充滿正能量，集結了她從讀書到選美，再回到校園深造，直至在TVB擔任主持人的點滴。

從這本書的字裏行間，可以看到Vivienna為了實現夢想所作出的努力。當中或有失敗、有難過，但她都能懷著正念，勇敢面對，克服困難，逆流而上，為當下的年輕人樹立了勵志的見證。面對生活的起伏與情緒的波動，Vivienna也難得地分享了她對情緒管理的心得。

這本書記錄了Vivienna生命中的印記和成長的痕跡，讀着她的文字，看着她的照片，我深信每一位讀者都能感受到書中傳遞的正能量，並勇敢且欣然地迎接生命中的每一天。

序言

關文深先生
TVB《下流上車族》、《新聞女王》
資深電視台監製

賴彥妤，一個很特別的名字。

她是一位娛樂新聞台的主持，第一次認識她是在拍攝下流上車族時，在現場拍攝花絮和訪問劇中的演員。她給我的感覺是一個很勤力、口齒伶俐、很專注工作的主持人。希望她在演藝路上繼續勇往直前，更進一步！

自序

經過了幾年的疫情，社會上的正能量好像亦被病菌蠶食着。不知不覺間潛伏著一些負面情緒，情緒健康亦是一個值得關注的議題。

從事演藝工作已經超過八年了，在這些年間從事幕前和藝術工作，逐漸懂得和情感並存。

人生中總會遇到喜怒哀樂和高低起跌，不用抗拒各種情緒，只要好好管理它們，適時和自己的內心世界溝通便足夠。

書裡的語錄和相片，記載着我的成長和生活點滴，希望透過書中的正能量能感染大家，也更關注身心靈健康，做一個快樂的人！

賴彥妤 Vivienna

C O N T

E N T S

Chapter 3

事業 P40

Chapter 4

情緒管理 P52

Chapter 7

人生勵志 P96

Chapter 8

人性 P116

Chapter 1

追夢

追夢是場馬拉松
當你能夠每天做自己喜歡的事
他日再回頭看，便無悔了

訂立目標

追求人生目標

再逐步向著目標前進

或許你會感到迷惘

或許你會反問自己為什麼會有這個想法

或許你會遇上挫折

即使在過程中跌倒

拍拍肩膀再重新出發

追夢

夢想的抉擇

追夢，
或許需要在現實和理想中決擇
曾經為理想放棄了夢想
也因為夢想犧牲了理想
必要時反問自己
心底裡最真實的答案
然後順從自己心中所想
試試踏上這趟追夢的旅程

電視台奮鬥史

從選美到主持

從主持到演戲

每天拍攝也會開封新的行程

還會遇上很多突發情況

在主播廠裏留下的足跡

在排舞室裏滴下的汗水

還有不記得多少晚的通宵達旦

這些淚與汗中

記載著成長的印記和工作的回憶

美貌與智慧

選美有著神奇的魔力

無論你是什麼類型的女生

面對着種種壓力

各種的評頭品足

身邊各種的鞭策

加上地獄式訓練

和努力奮鬥的參賽者

也是讓自己蛻變的動力

自信

自信是面神奇的鏡子
塑造着那個你想成為的人
學會欣賞自己
美麗從自信出發

成與敗

曾經把輸贏看得很重

然後發覺其實並不是最重要

把失敗視作人之常態

把勝利當作額外收穫

有時候把成敗得失看輕一點

反而會得到意想不到的結果

毋忘初衷

請記住追夢的初衷

在這趟旅途中

或許會走過崎嶇的道路

或許會受到攻擊

或許會被誤會

但不要緊，路還是要繼續走

必定會找到出路

壓力和動力

有一種壓力叫群眾壓力

特別是網絡世界發達的時代

一舉手一投足　甚至每句說話

都彷彿會被注視

遇上評論，不必迴避批評

細心咀嚼每個意見

過程雖然有點苦

就像推動自己向前的燃料

向着下一個高峰前進

赤腳攀過尖石堆

變得更強壯之外

會發現更高處的風景更美麗

評價

曾經很介意別人對自己的看法
驀然發現
這些看法其實是自己設下的框架
勇敢地面對自己
無論是讚美與批評
也大方接受
不需要每個人也喜歡自己
在接收好壞訊息的同時
嘗試把壓力力化成動力
便能跳出框框，跳出另一個高度

經歷低潮

或許低潮很難捱過

甚至有着想放棄的念頭

很多時其實掉進了思緒的胡同巷

在這個循環迷失了方向

回頭看一看

其實世界還有很多美好的事

身邊還有很多人支持自己

加油，不要放棄，你是最好的！

追夢

執行力

是把想像化為實際的橋樑
把腦海中的想法實踐
每完成一個任務　踏前一步
就是追夢過程的一大步
距離目標更近
一步一步邁向成功
坐言起行吧！
向着目標努力前進

行動力

不嘗試不去做成功率為零
踏出第一步嘗試
成功率將隨着你的行動逐漸上升
只說不做的話
永遠只可以做局外人

Chapter 2

學業

校園生活，記載着成長的回憶
學無止境，保持一顆好學的心
讓今天的自己比昨天更進步

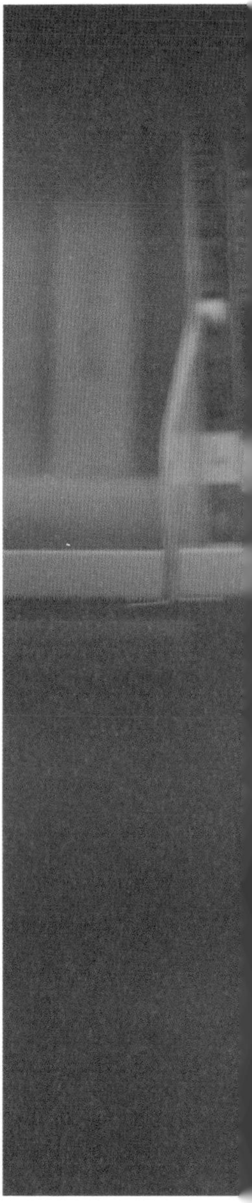

英國遊記

獨自身處在外地

有些潛能會被激發

廚藝不精的，學會了煮三餸一湯

沒有練習舉重，

卻能把家搬到四小時以外的城市

不要限制了自己的能力

嘗試跳出舒適圈

可能會有意想不到的效果

相信自己，你會做到的！

學習

學習是場馬拉松

在持久戰中，毅力十分重要

反覆的練習，堅持不懈

累的時候放慢腳步

休息夠了便衝刺

便會通往成功的終點

學海無涯

在學習上保持永遠口渴的心態
開啟你的好奇心
領悟新事物
享受每次學習的過程
儘管學習的路途有點艱辛
苦盡甘來　是成長的印記
恭喜你又再次成長了

讀書

書本裏記載着的文字

最初很難解讀

像是用了隱形墨水般

當你用合適的方法去閱讀後

再細心咀嚼　箇中意思便會逐漸顯現

在不同的階段回想

也許有不一樣的體會

考試

經歷大大小小的考試

是成長的必修課題

考試如戰場

在壓力下的同學們

望着時間，爭分奪秒

完成後，就要鬆一口氣

去吃個下午茶，打一場遊戲

享受壓力過後的愉快時光

MAYFIELD
COHEN
ACTING ONE
論戲劇
Plain English for Lawyers
FIFTH EDITION

文具的哲學

老師是顏色筆

把學生們的知識庫增添色彩；

訓導主任則像間尺一樣嚴謹

計算着每個學期的紀律處分；

同學們就像鉛筆般

一同學習，不可或缺；

校園就是筆盒，

承載着每天學習的點滴。

當不同的文具拼湊在一起

各有特色，發揮作用

完成一篇精彩的校園篇章。

Work hard, Play harder

培養先苦後甜的習慣

先把重要的事完成

然後一次過去輕鬆

放下你的拖延症

把工作一氣呵成

盡力工作，再盡情玩樂

小時了了

無論現在的學習表現是怎樣
成績並不代表一切
世上沒有不聰明的人
了解自己的長處，改善弱點
加倍努力，做足準備
長大後定成大器

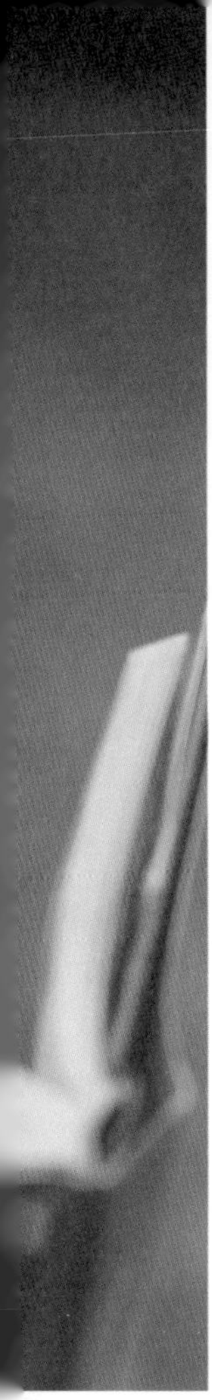

我的志願

小時候，《我的志願》必定是作文的題材
無論是做律師、醫生
還是做演員、藝術家等種種的職業
幻想着未來的自己
長怎麼樣，過着怎樣的生活
這些志願，也有個共通點 ——
努力，是成長的必修課
長大後，儘管工作與曾經的志願不同
請記住毋忘初衷
記得當初你的夢想是什麼
繼續尋找着這個《我的志願》

事業

致為工作打拼的我們
謹記當初的目標
勞碌奔波，也不忘放鬆一下
為的是要走更遠的路

法庭遊記

在法官的審判後
看到的人生百態
庭上的離別、
哭泣或笑容
自由的交叉點
經歷過以上的所有之後
便會發現最重要的
是每天從容的做自己

正義女神

在希臘神話中
正義女神代表着公平和正義
法律是維持公義的方針
提醒着我們要堅守原則
不要輕易被其他聲音動搖
像生活一樣
記得自己的初衷和目標
不要輕易動搖
也要堅守自己
做一位正義的人

待人接物

在商業世界

人與人之間關係

就像水流一樣

你進時我退，他攻時我守

順水推舟，依勢行事

態度

態度決定一切
「禮」多人不怪
謙卑地以禮待人
不必怕吃虧
加上你的上進心，精益求精
定會有人賞識自己
獲取更多的機會去發揮潛能

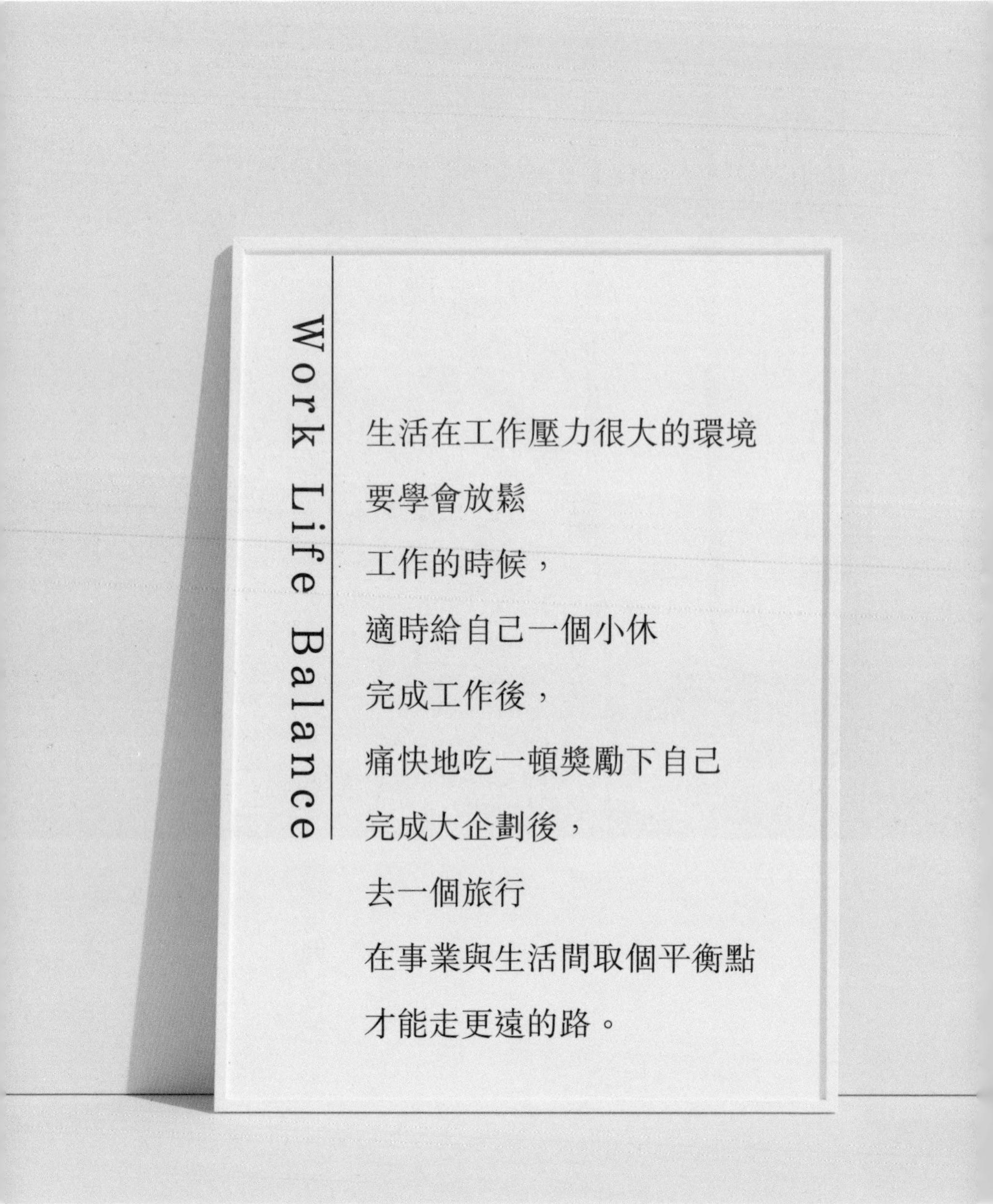
Work Life Balance
生活在工作壓力很大的環境
要學會放鬆
工作的時候，
適時給自己一個小休
完成工作後，
痛快地吃一頓獎勵下自己
完成大企劃後，
去一個旅行
在事業與生活間取個平衡點
才能走更遠的路。

我的形狀

本身多角形的自己
剛出社會工作時
自以為能走得很快
誰知愈是跑得急，跌得愈痛
在社會上跌跌碰碰
經過歲月的洗禮後
也漸漸被磨成圓形
才發現愈是圓滑
路走得暢順了很多
或許有人會質疑
失去了自己的形狀是否件好事
增加對環境的韌性
也是成長的過程

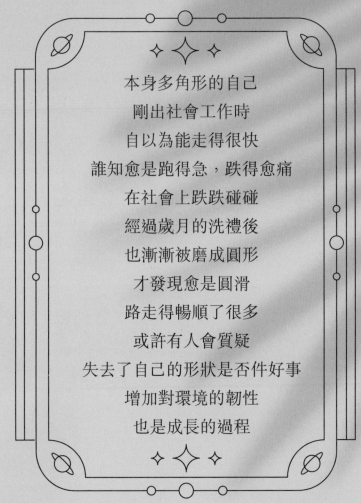

辦公室政治

辦公室常常遇到不同的權鬥
將電視劇一樣
爾虞我詐，明爭暗鬥
無論成為不問世事的清泉
還是力爭上游的勇士
也是自己的選擇
請記住原則，不傷害別人

伯樂

千里馬，也要遇上一位好伯樂
學會飲水思源和感恩
當你遇到無助的一刻
如果有人向你伸出援手　請記住他們
當有一天你成功了
伯樂也有很大的功勞
時常懷着感恩的心——
衷心感謝欣賞過我的伯樂！

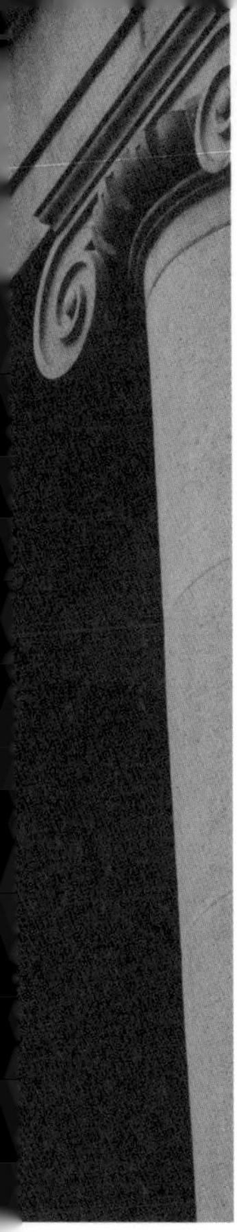

人生規劃

人生由自己規劃

按着這些步驟去走

目標會更明確

嘗試寫出計劃

訂立短期、中期、長期目標

再把它們實踐

一步一步的邁向成功

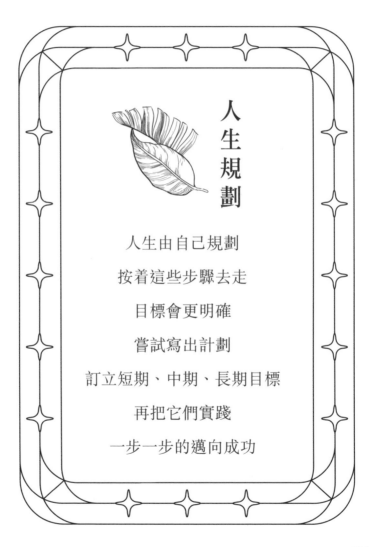

Chapter 4

情緒管理

情緒，反映着不同的心理狀態
學會處理情緒，好好與它共存
生活便會增添色彩

情緒

人每天也會感受到生活中不同的情緒

喜怒哀樂、歡喜和傷悲等

情緒也是大腦給身體的訊號

勇敢地表達自己

適當地宣洩情緒

返回情緒的原點再重新出發

願你每天也能做回自己

與不同的情緒共存

適當表達不同的情緒

學會使用情緒的出口

就是提高情商過程

開心時

保持快樂的秘訣
是在於笑容裡
遇到喜歡的事，可以會心微笑
看到幽默的電影，可以開懷大笑
朋友講冷笑話，可以暗地歡喜
吃到好吃的東西，可以開心分享

開心能治癒心情
釋放的荷爾蒙也能令人更健康
只要保持微笑
自己和身邊的人也會感受到這份溫暖
一切都會好起來的

崩潰時

或許有時會遇到低潮的時候
想哭便哭吧
當你把所有的負能量釋放後
就像如釋重負一樣
拍拍膊頭再重新出發

壓抑時

覺得壓抑的時候
每天做一件讓自己開心的事
哪怕是件簡單的
喝一杯珍珠奶茶
吃一件好吃的甜品
跑個步，打電玩遊戲
也許心情也都舒暢了

難過時

在迷失的時候
聽到不同的意見 面對不同的教誨
總會左耳入右耳出
使人成長的必定是經歷
經歷會使人進步
時間會治癒痛楚

生氣時

不壓抑情緒
每次憤怒的時候，請靜止10秒
平靜呼吸，憤怒感會有效地平息
不要衝動，做出一些具傷害性的事
情緒是有記憶的
好好的運用情感的肌肉
做一個高情商的人

治癒哲學／賴彦妤 VIVIENNA

聆聽與傾訴

有效溝通　是情緒宣洩的一個途徑
多點跟身邊的人表達想法
或許會因為一句說話，一個回應
改變了下一個決定
同時學會做別人的樹洞
作為一個好的聆聽者
分析別人的情感時
同時也是在梳理自己的思緒

給自己的信

愛人先懂得愛自己
糾結的時候　不妨跟自己對話
了解內心深處的想法
遇上困惑的情況
也不用急於處理
慢慢梳理思緒
再把心結打開

情緒的出口

找到自己抒發情緒的方法
適當地宣洩
可以做運動、繪畫、大叫、傾談
也可以選擇認識新朋友，擴闊圈子
展露情感並不可怕
重要的是怎樣去表達情緒
找到情緒的出口，反而會更舒適

昨天，今天，明天

昨天
人生中往往遇到不如意事
事情已經過去
如果反覆回想往事
只會把不開心加倍
學會放開，把自己從過去釋放出來

今天
活在當下，過好現在的每一天
珍惜今天擁有的所有
欣賞今天的自己

明天
人有時會擔心明天發生的事
提早焦慮，就等於把壓力加倍
試着放鬆一點
做好準備，但隨遇而安
可能明天發生的是件好事
就不用焦慮了

Chapter 5

情感

愛情、親情、友情
飾演着人生裏面重要的角色
情緒價值來自於舒服的相處模式
從而尋找到你的靈魂伴侶

緣份FATE

情感

緣起

遇見 ENCOUNTER

每個人的相遇是種緣份
命運給你的安排的人，不會無緣無故
而在每段關係裡，也會有一個使命
會陪你走過生命中的一段路程
也會帶給你一些東西或啟示
無論是開心或傷心
使人從經歷中成長

知足 SATISFACTION

曾經聽過小王子的故事
希望在花園裏
選擇最大的一朵玫瑰
結果拿不定主意
就錯過了最好的玫瑰
珍惜當下，捉緊快樂
比起不斷渴求來得更重要

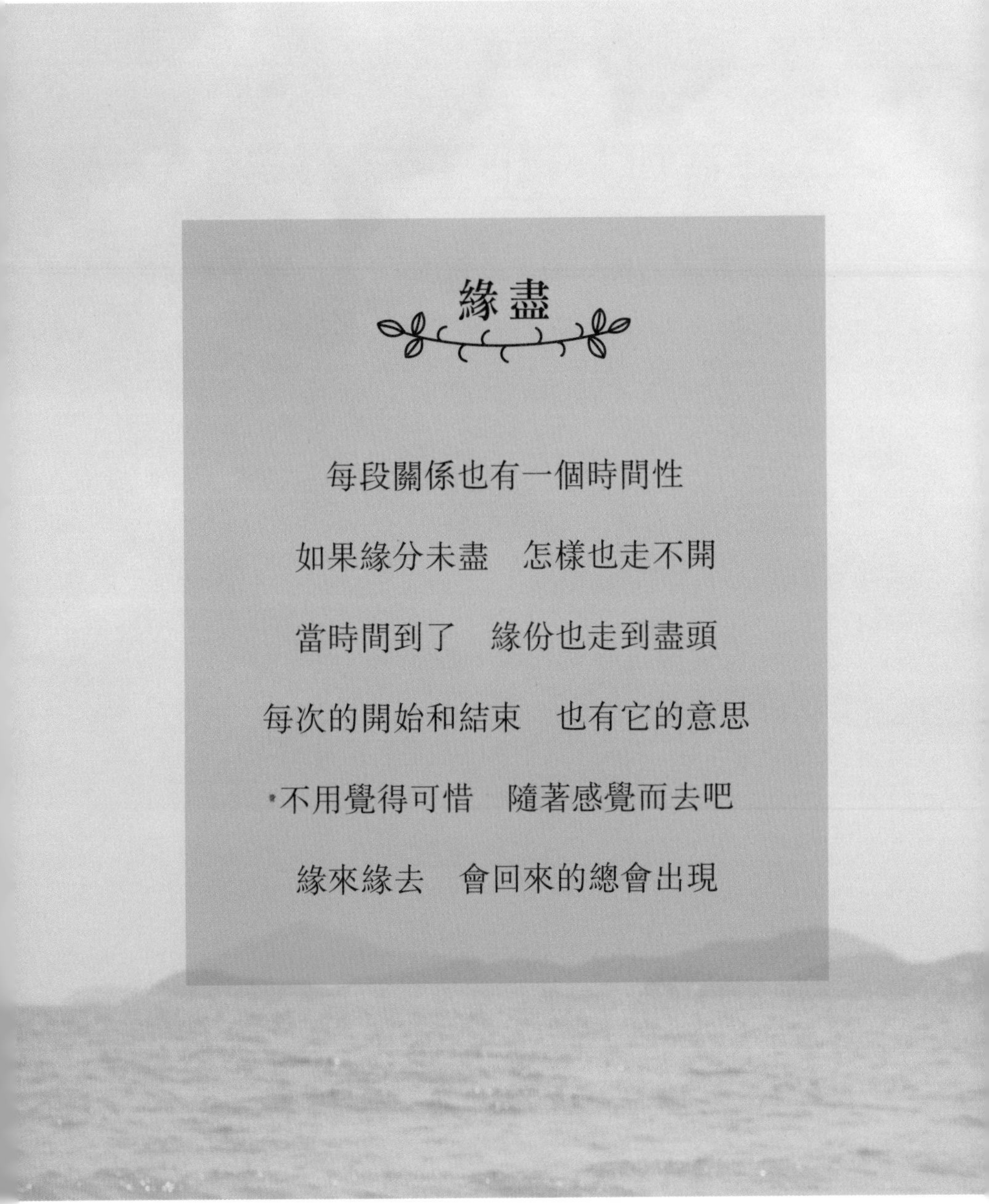

緣盡

每段關係也有一個時間性

如果緣分未盡　怎樣也走不開

當時間到了　緣份也走到盡頭

每次的開始和結束　也有它的意思

不用覺得可惜　隨著感覺而去吧

緣來緣去　會回來的總會出現

時間 TIMING

對的時間遇上對的人
對象出現的先後次序很重要
對的人，在錯的時間出現
錯的人，在對的時間出現
也不能修成正果

現實裡沒有電影中的倒計時
倒數著還剩下多少時間
珍惜每段緣分
不計長短，但求曾經擁有

希望在經歷不同故事後
懂得愛人和被愛的時候
才遇上這個對的人

距離 DISTANCE

遙距的愛

世上最遙遠的距離

不是你在英國，我在澳洲

而是兩顆心的距離

現實 REALITY

愛情與面包

或許是現代愛情考慮的因素

純粹的愛

沒有計算，沒有目的

用盡力氣為對方好

永遠是最快樂的

愛會成為對方的推動力

一起進步，一起成為更好的人

這樣便足夠了

情緒價值
EMOTIONAL VALUE

情緒穩定的重要性

有時言出會傷害別人

而這些疤痕很久也無法復原

成熟後的關係

情緒穩定是必然的癒合劑

或許生活中會遇上很多不如意的事

請謹記與對方好好溝通

陪伴 ACCOMPANY

陪伴是建立關係上

非常重要的一環

是生活中的精神支柱

即使不說話，也有很大的力量

你喜歡吃東西，我喜歡下廚

你負責打掃，我負責洗衣服

你不開心時，我陪伴着你

你開心時，與你一起大笑

你生病時，我負責守候

多點關心身邊的人

多點陪伴他們

成為生活中的暖陽

關係的韌性
CONNECTIONS

兩個人之間的聯繫

就像橡皮筋一樣

拉得太緊的時候，要懂得放鬆

放得太鬆的時候，又要收緊一點

取到平衡點，互相磨合

這樣的相處方式更附韌性

情感

婚姻與諾言
MARRIAGE

教堂中的誓言十分神聖
提醒着我們
要好好愛惜着這個陪伴你一生的人
新鮮感是與相同的人
嘗試不同的新事物
就像公園裏的公公婆婆
仍然甜蜜牽着手，談着天
繼續一起走下去
而走下去就是一輩子

親情
RELATIVES

人一出世，命運已經安排好親情
父母是偉大的
付出無條件的愛養育子女
請永遠的珍惜親情
而女孩都想永遠當個小孩
在父母的照顧下
在丈夫的關愛下
永遠不用長大

朋友 FRIENDSHIPS

朋友，是情緒的交流站

開心時一起分享

傷心時陪你走過

亦有一種友誼是不用見面

也可以保持很久的

永遠放在心裏

時間將是友誼最好的見證

有毒關係
TOXIC RELATIONSHIP

有些關係，

看起來引人入勝，卻讓人越踩越深

可能是糖衣陷阱，包括很多甜言蜜語

或是笑裡藏刀，背後卻在傷害你

反覆回想痛苦的回憶，只會使自己內耗

如果令你受傷害的，就不是真感情

請遠離有毒關係

藝術與人生

藝術可以反映人生

亦是一種情緒的出口

透過藝術，感受生活中的哲學

演戲

人生如劇本
命運已經把人生的劇本安排好
就像蝴蝶效應
演繹方法不同，結果就會不同
每天選擇怎樣詮釋自己的劇本
也有不同的效果
朝所選的道路走　結局自有安排

角色分析就像人際關係的影射
演戲注重和對手的交流
鑽研人物性格
體會場景的發生
情感轉換
反映到相處間的應對

表演藝術

台上一分鐘，台下十年功
欣賞着演出者站在台上
儘管是短短幾分鐘的表演
也會看到她背後的故事
一舉手一投足
都代表着背後無數的練習
而觀眾的掌聲和歡呼聲
就是演出者最好的回報
把每次演出當作最後一次
用盡所有的力氣做到最好
繼續站在你的舞台上發光發亮

主持

作為主持絕對需要「轉數快」
而且要具有很強的洞察力，觀人於微
出名笨拙的我唯有將勤補拙
勤力學習，增值自己
被讚美便繼續努力
被批評便積極改善
總會遇上欣賞自己的人

演出就像習武一樣
在擂台上多打幾次
跌過痛過吃過苦
再次站起來
然後把屬於自己的那套拳法
練的滾瓜爛熟
再上場就不緊張了

燃亮希望

我喜歡蠟燭，代表着很多的意思

燭光燃點起來照亮世界

在冬天燃點蠟燭很溫暖

施比受更有福

用燭光把其他蠟燭都燃亮起來

自己並不會缺少了什麼

反而是燃亮起更多的希望

希望能傳遞愛

照亮別人，薪火相傳，且使目光看得更遠

成為生活中的一道光，溫暖生命

享受藝術

小時候曾修讀藝術系
透過繪畫和手作
可以把感受放在畫板上，反映人生
同時享受藝術的過程
清空思想，學會放鬆自己
細味生活，感受生活中的哲學

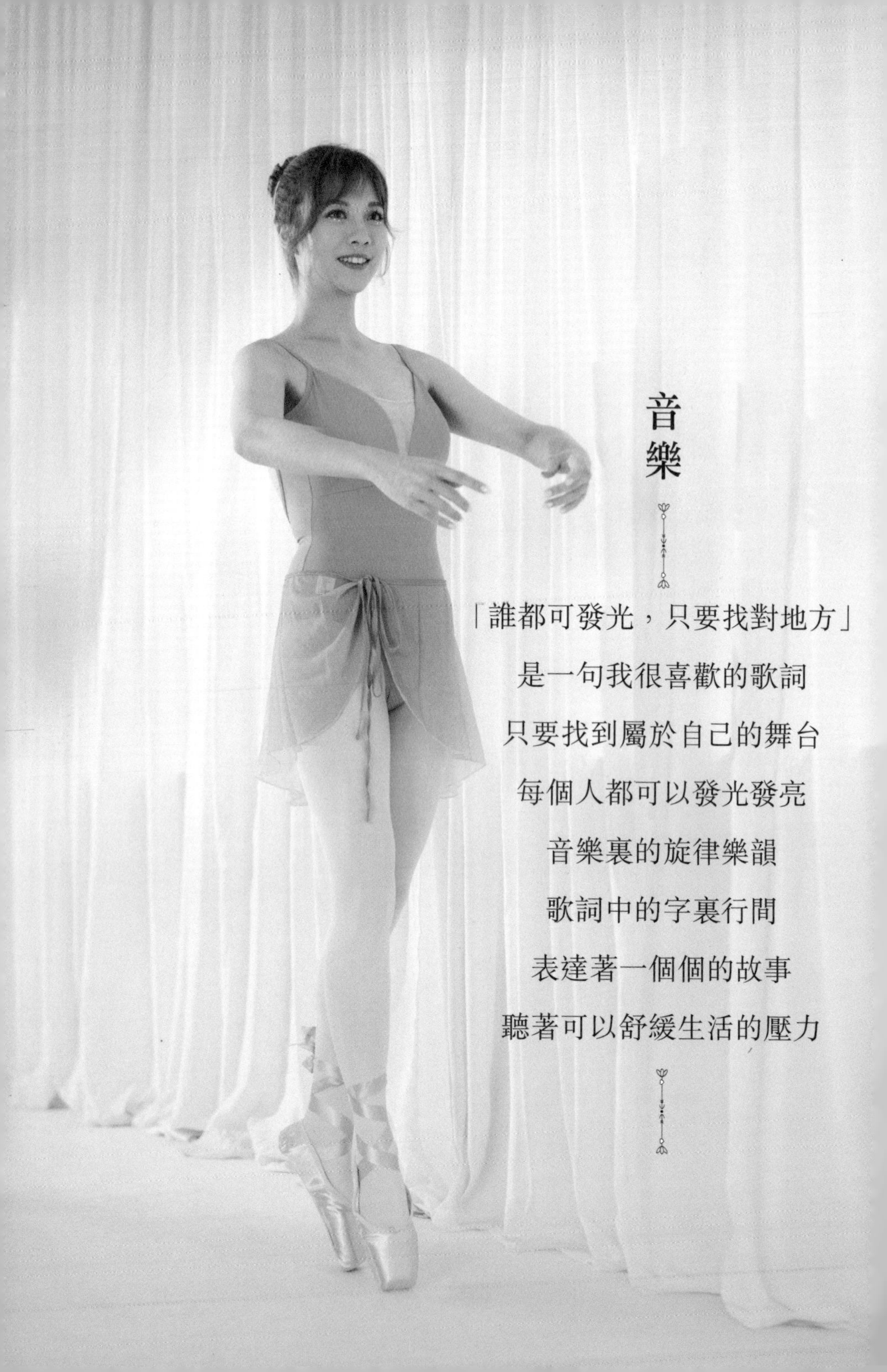

音樂

「誰都可發光，只要找對地方」
是一句我很喜歡的歌詞
只要找到屬於自己的舞台
每個人都可以發光發亮
音樂裏的旋律樂韻
歌詞中的字裏行間
表達著一個個的故事
聽著可以舒緩生活的壓力

治癒系音樂

在閱讀《治癒哲學》時，或心情起伏時

請聆聽這首音樂：

《等待》
何展睿 Steve

《等待》

等待機會、等待成功、等待失敗…

還記得那一次，

獨自坐在家中思考、沉鬱。

不忿，令你洩氣。

儘管折翼，亦要高飛，

經得起高低起跌，才算是人生。

邊看邊聽，藉着短短兩分鐘，回味某次得失經歷，時間讓一切沉澱，過眼雲煙，歸於平靜。

創作者介紹

音樂使我平靜；音樂是我的大部分；音樂是我表現內心的渠道。我是唱作歌手何展睿 Steve，從事音樂教育接近20年，2019年加入樂壇成為歌手，努力向前衝之餘，亦毋忘初心，透過音樂傳遞正面訊息：疫情創作「抗疫三部曲」及「愛情六重奏」。

創作背後

機緣巧合認識Vivienna，大家一樣喜愛製作治癒產品。知道她即將推出作品《治癒哲學》，二話不説答應合作。她的文字中提及「追夢」、「挫折」、「情緒波動」、「逆流而上」，正是小弟近年面對的事情，更重要的，創作一首「治癒音樂」令我反思自己投身音樂多年，卻忽略了音樂的根本。最後創作了這首治癒系音樂《等待》。

Chapter 7

人生
勵志

人生總會走過高山低谷
保持正面的心態
走過這些路的時候
會發現沿途風景也很美

秘密天使

生命裏總會遇上一些秘密天使

默默地對你好

學會欣賞別人的付出

多讚美別人

同時也可以成為別人的天使

找到對對方好的方式

世上便因而多了很多天使

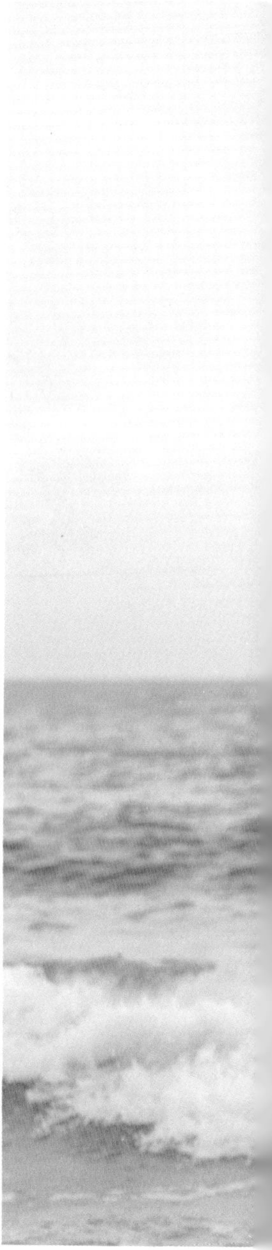

半杯水的哲學

每件事都有兩面
桌上放了半杯水
怎樣去詮釋是觀察者的角度
樂觀的人，會看到還有半杯水
悲觀的人，會認為只剩下半杯水
即使有事情發生
怎樣看待也是在於思維模式
嘗試扭轉一下角度
會發現有不同的解決方法

乘風破浪

人生旅途像大海一樣
坐在船上，難免會遇到風浪
勇敢面對風浪
擁抱未知和不穩定性
接受新的挑戰
乘風破浪，前面有更美的風景等着你

遇到挫折時

心情難免會被影響
面對流言蜚語
甚至惡意中傷批評
也會感到無奈
休息一下，調整心態
若然不能控制其他人的想法
倒不如做好自己
流言，會隨着時間和事實被擊破

羨慕與妒忌

請羨慕，莫妒忌
羨慕和妒忌只差一線
不必妒忌他人的成功
善用這些時間學習
分析對方做得好的地方
良性競爭會成為動力
不一定要分勝負
可以一起進步

N JOY
California

人生的加法與減法

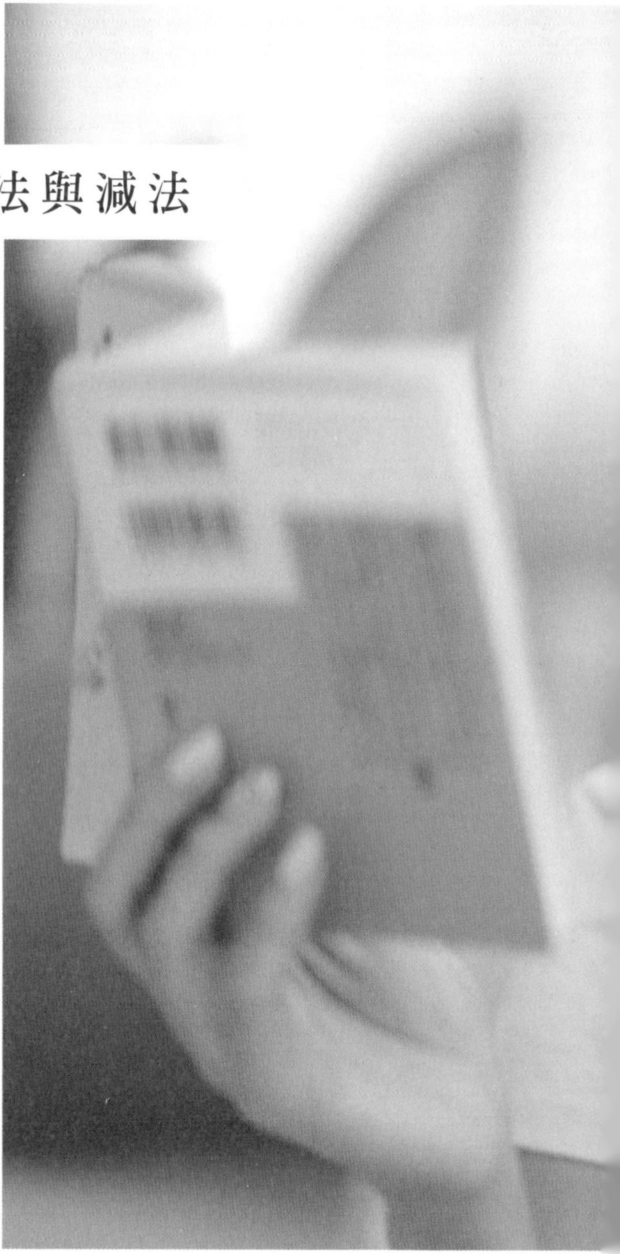

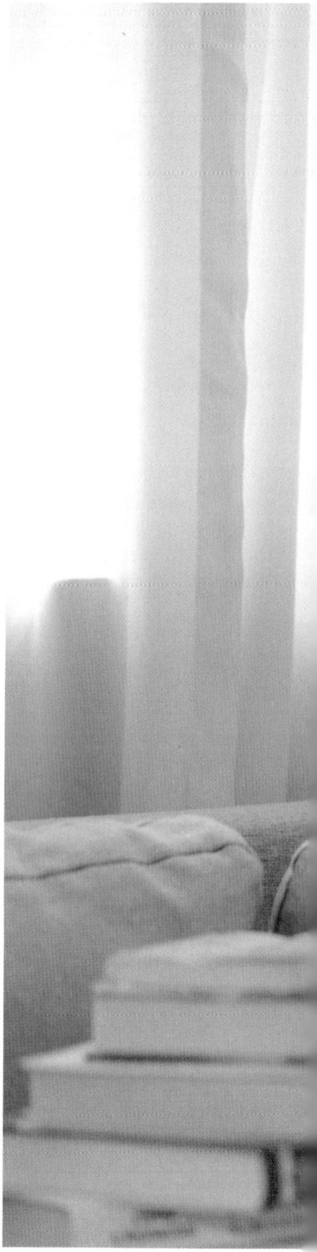

加法

協同效應

獨自一人作戰
有時候未必達至最大的力量
相信協同效應
團隊合作中
每個人也有不同的長處
一加一的力量不只是二
不要害怕尋求協助
亦要多點幫助他人
令這份力量加以發揮

減法

清空

有些東西不是越多越好
替自己大掃除一下
把無用的社交、
有毒的關係減掉
清理一下思緒
把空間再學習新事物

EN JOY
California

減壓—學會放鬆

生活上會面對種種壓力

當覺得透不過氣時

做一件自己喜歡的事

感受生活中的細節

苦中作樂，放鬆一下繃緊的生活

才能發現生活的美好

吸引力法則

相信吸引力法則

先成為更好的自己

有一顆善良的心

當你對別人好的時候

好事自然會被你吸引而來

每天進步多一些

你若盛開，蝴蝶自來

喜歡的事重覆做

可以把喜歡的事變成事業

是件很幸福的事

加油，繼續努力往前走！

釋懷

放下，是一種過程
已經過去的事
不必過分執着
放過自己，也放過別人
相信命運的安排
或許有更好的事，
在明天等待着你！

人生勵志

放眼世界

世界很大

有空的時候去遊歷世界

探索不同的文化

感受大自然的神奇之處

透過旅行感受生活的快樂

而人的大腦，只是被開發了3%

所以，你的能力和創意也是無限大的！

Chapter 8 人性

人性潛在着很多面
而看待事物的角度取決於價值觀
勇於表達自己和交流
隨着時間和經歷
會發掘到更多人性的不同面

人性善惡

應該相信人性的哪一面？

是孟子的人性本善？
人天生是善良、仁愛
心底裏有着惻隱之心
卻被外界的社會環境影響而扭曲

或是荀子的人性本惡？
人天生本是自私、醜惡
在自由選擇的時候
會出現自私和無情
需要社會規範來約束

就像法律中
無罪推定和有罪推定的原則
不同的角度去看
會有不同的推算
人性是立體的
到最後是看你如何塑造
天使與魔鬼也可以有對話的一天
言而善良是一種選擇
得知善惡並選擇善良
比沒有選擇更高層次

人的秘密按鈕

人有一些秘密按鈕
當遇上一些觸發點
便開啟了自己的另一個模式
發現記憶力很好
或者力氣很大
尋找自己的秘密按鈕
預先了解潛能
並好好控制這些能力
便可以成為你的超能力

人生百態

女性不一定代表溫柔
男性不一定代表剛強
倒不如剛柔並重
時而溫柔，時而剛強
像推手一樣，以柔制剛

明爭暗鬥

人生需要追求的太多
當過於渴望，名利當前
或許為追求目標而不擇手段
最終兩敗俱傷
像是購物一樣
分清楚想要和需要的目標
停一停，想一想
或許就會有不同的想法了

利益與價值

每個人也有一個價值
而這個價值會隨着社會地位、
人生歷練等
價值亦會有所改變
學會投資自己
多學習，多看世界
自身價值亦會提升
認識朋友亦是一種投資
從前輩的言談和舉動間學習
價值亦會從而增加
趕上社會的步伐，不進則退

潛在的惡魔

人性或許會有黑暗面
在心底深處　住了一隻惡魔
可能是內心的投射
或者自我保護機制
尤其是在網上隱姓埋名時攻擊他人
不須否定它的存在
好好控制它的出現和攻擊性
學會駕馭這隻魔鬼

因果循環

相信因果循環
無論做好事壞事
都會像畫圓規一樣
畫了一個圓
以為不會有後果的
最後可能會回到自己身上

所以各位，
己所不欲，勿施於人
請愛惜對身邊的人，
善待他人，定必更受尊重。

階級觀念

社會中的不同階層
上司下屬的階級
以至關係裏的控制慾
世上有因果循環
而這些階級亦是流動的
善待每個階層，尊重每個人
一切也會更和諧

隨波逐流 vs 逆流而上

服從是人的天性

最新的潮流風格，社會的言論

造成了一個個的風氣

要分辨對與錯

不要盲目跟從

沒有思想，隨波逐流

在跟隨的同時，要保留自己的風格

嘗試加入自己的風格

尋找有趣的靈魂

書　　名：治癒哲學 VILOSOPHY
作　　者：賴彥妤 Vivienna
出版總監：梁子文
責任編輯：陳珈悠
出版統籌：何珊楠
出　　版：星島出版有限公司
地　　址：香港新界將軍澳工業邨駿昌街7號
星島新聞集團大廈
承　　印：嘉昱有限公司
發　　行：泛華發行代理有限公司
出版日期：2024年7月
售　　價：HK $118
國際書號：978-962-348-552-4

團隊及贊助
攝　　影：小金@studiocomme
化妝及髮型：Yuki Lai, Gaby Lai, Emmy Yip
服　　裝：@myaleshia
晚　　裝：@Ma Cherie Bridal
首　　飾：@Diamante Labgrown
版面設計：麥美斯